Margueritte
S'enfuir ou se détruire

La meilleure des défenses face à celui qui se nourrit des paroles de l'autre pour le manipuler et le détruire est :

- d'essayer à chaque instant d'oublier de lui dire ...

- de penser à chaque instant à toutes les choses que je dois oublier de lui dire et de n'en oublier aucune...

Et cette fois je n'ai pas failli de ne pas lui dire.

Table des matières

Margueritte..6

Blanche, l'aînée..12

Jean, le cadet..15

Rafael..19

Le Gentleman Farmer..23

La routine...26

Les dépenses..33

La rencontre...36

L'unique virée à moto..39

La crise urinaire...42

Les SMS...46

Les aveux...51

La mise en scène théâtrale.......................................60

Le départ libérateur..71

Les conséquences...79

1

Margueritte

Elle regarde par la fenêtre de la cuisine, assise, les yeux sans cesse en mouvement fixant les allées et venues des passants. Spontanément ils se figent dans la direction d'un couple s'échangeant des regards complices tout en tenant chacun par la main un jeune enfant. Margueritte aurait tant voulu être cette femme aimée par son conjoint et propageant autour d'elle l'image d'une vie épanouie. C'était ce sentiment de bonheur familial qu'elle avait vécu alors enfant. Elle habitait avec ses parents et son frère cadet à la montagne dans une immense ferme surplombant toute la chaîne des Pyrénées. Ils menaient une vie modeste. Quand elle évoque ses origines elle n'oublie pas de souligner le caractère de son père bien trempé et sa robustesse physique inaltérable qui pourrait repousser son espérance de vie bien au-delà de cent ans.
Avec le développement des axes routiers et celui des activités touristiques, été comme hiver, dans les Pyrénées, il arrive fréquemment de rencontrer des

paysans ariégeois comme lui. Reconnaissables de loin avec leurs chemises à carreaux en laine, leurs pantalons de velours à grosse côte, leurs chaussures de montagne et leurs chapeaux à bord large. D'un seul coup d'œil, en les voyant, on replonge instantanément dans les années soixante. Comme ils aiment leur région au point de ne pas vouloir la quitter, même pour quelques heures, ils ont toujours des histoires à rapporter à ceux qui veulent bien prendre un peu de temps pour les écouter. Elles sont rarement drôles et relatent pour la majorité d'entre elles d'anciennes querelles entre gens du pays. C'est que l'ariégeois est une viande dure et coriace, il vit vieux et ne semble pas atteint de la maladie d'Alzheimer. Il faudrait peut-être que des scientifiques se penchent sur ce phénomène humain et mènent des études auprès de lui au nom du progrès médical ou du *pour vivre vieux avec toute sa tête il faut vivre comme un ariégeois.* Isolé dans sa montagne enneigée en période hivernale comme un sauvage, l'ariégeois est un radoteur hors pair. C'est au coin du feu qu'il débute la soirée en rouscaillant et en rouspétant systématiquement quand son regard croise une vieille photo ou un objet de décoration fabriqué localement. Il se souvient alors, avec un sourire pincé, qu'une vieille dame qui habite la maison limitrophe de l'ancienne épicerie lui avait promis des graines de courgettes et lui avait finalement remis des graines de courges. Quand il apprend qu'il a été trompé, il devient alors grossier, souvent boudeur et obtus et parfois pleurard. C'est que derrière son visage rustre et froid, en sirotant un verre de liqueur de figues fait maison, il en raconte des bouts de sa vie sans jamais omettre toutes les situations où il est allé chercher des noises.

Margueritte prend toujours autant de plaisir à taquiner son papounet tout en savourant le bonheur de ne pas être née de parents radins. A cette évocation lui vient à l'esprit la caricature faite aux auvergnats dont le modèle de vie est copié par beaucoup plus de personnes qu'on ne l'imagine de nos jours. On n'envie pas leur goût immodéré pour le fromage. On envie leur habileté à dépenser moins d'argent que vous ou moi ! Économes comme des écureuils ou avares selon les mauvaises langues, ce sont des authentiques tiroirs de comptoir aux comptes bancaires bien garnis. Leur premier principe est de ne jamais gaspiller, en voici quelques exemples. Ce sont les champions des plats réchauffés. Très pratiques en hiver, si vous êtes invités à dîner, vous savez déjà que votre assiette contiendra du ragoût. Ce sont aussi les champions des plats avec les restes de la veille. Pratiques en été, si vous êtes invités à dîner, vous savez ce qu'ils mangeront le lendemain. Aucun achat n'est le fruit du hasard. Il est soit accompagné d'une bonne promotion quand le produit est neuf, soit il concerne un produit d'occasion. Les auvergnats sont aussi les maîtres dans la manière d'exprimer leurs envies sous la forme de besoins auprès des personnes sensibles, toujours généreuses et fières de rendre service. Au sujet des cadeaux, ceux de Noël par exemple, ils se débrouillent très bien aussi. Comme ils sont pingres et mesquins, c'est instinctivement qu'ils sont les champions des échantillons, des produits en tout genre envoyés à leur demande pour les essayer disent-ils. En fait ils les conservent précieusement et le moment venu, ils les emballent avec des papiers cadeaux recyclés. En plus, eux, ils ne sont pas du tout paniqués par l'ambiance survoltée des achats de fin d'année. Et enfin ils sont de fins stratèges et de bonne compagnie. Ces qualités leur sont particulièrement utiles pour se faire inviter à passer quelques jours pénards, certes pas blanchis mais bien nourris. Sans aucun doute ils sont les représentants précurseurs de nos modes de consommation actuels, choisis par eux et subis pour nous.

Les parents de Margueritte avaient vécu une quinzaine d'années ensemble avant sa naissance. Sa mère, ingénieur de formation et salariée d'une société d'ingénierie souhaitait changer de vie professionnelle en raison de ses nombreux déplacements et de ses trajets quotidiens sur des routes trop souvent embouteillées. Son épuisement l'avait conduite à souhaiter soit de développer une activité à la ferme soit d'enseigner tant son goût pour l'animation de sessions de formation dans son entreprise était prononcé. Finalement elle devint professeur de Mathématiques dans un collège situé à une quinzaine de kilomètres de la ferme d'abord comme vacataire puis comme titulaire. C'est donc

au sein d'un foyer et au rythme d'une vie équilibrée, joyeuse et ancrée dans la région que naquit Margueritte. Celle-ci ne doit pas son joli prénom à la célèbre fleur au cœur tendre et jaune doré encerclé de ses pétales blancs mais au souhait de sa maman de mettre au monde une fille aussi rayonnante que le soleil. C'était chaque fois avec le même sourire qu'elle répondait que son prénom s'écrivait avec deux « t ». Son physique harmonieux attirait les regards. Sa longue chevelure épaisse lui avait vite donné l'idée de réaliser des coiffures sophistiquées mettant son long cou en valeur. Elle se distinguait aussi des autres jeunes filles de son âge avec sa manière bien à elle de se vêtir : son goût pour les tissus colorés et de différentes matières lui avait donné l'envie de dessiner sa garde-robe qu'elle réalisait avec l'aide de sa maman douée en couture. Elle aimait regarder dans un miroir sa démarche chaloupée même sans chaussures à talons. A l'âge de douze ans, elle atteignit sa taille définitive et les lignes de son corps parfaites se confondaient avec l'harmonie de la nature qui l'entourait, si belle et si sauvage. Margueritte était naturelle, indomptable et à la fois très docile. Ses parents l'ayant compris très tôt firent souvent appel à elle pour les aider à la ferme.
Les années passèrent très agréablement et son désir de devenir mère émergea véritablement à la trentaine. Devenue à son tour ingénieur sa vie professionnelle déjà bien remplie fut bouleversée par la connaissance de Rafael, un collègue

d'origine espagnole, dans la région sud-ouest de Paris où elle avait posé ses valises. Cette rencontre fut ressentie par eux comme un coup de foudre, comme une évidence. Leur rapprochement fut si total et si fulgurant que très vite naquirent Blanche puis Jean. Trop vite peut-être.

2

Blanche, l'aînée

Au terme de sa première grossesse, Rafael l'avait déposée un matin très tôt devant la maternité, elle pétrifiée d'angoisse, lui pressé de poster sa lettre de démission et motivé de gagner bientôt un meilleur salaire qu'elle. C'était finalement en fin de journée, un treize en ce début de printemps que Blanche naquit. Le gynécologue avait pourtant installé très vite la péridurale. Alors pourquoi cette si longue attente se demandait-elle ? Au milieu de l'après-midi et sans la moindre explication une sage-femme perça sa poche des eaux. Elle l'avait compris lorsqu'un jet liquide chaud frappa à vive allure le sol en lino blanc comme le fait une pluie battante sur des pavés. Elle devait renoncer à ressentir les contractions annonciatrices du début du travail d'un accouchement, si douloureuses et si craintes de nombreuses femmes. Gênée, seule dans cette chambre d'hôpital en travaux d'agrandissement, elle ressentait en même temps la sensation agréable d'une chaleur traversant son

corps tel un fleuve qui serpente sous la terre réchauffe le sous-sol avant de jaillir comme une lumière depuis les ténèbres. Imperturbable, le monitoring restait plat, définitivement. Elle continuait malgré tout à se concentrer au moment où deux professionnels de santé en blouse blanche entrèrent dans sa chambre.
– Bonjour Madame. Nous avons tout tenté pour déclencher une naissance par voie basse. Hélas, maintenant votre enfant souffre. Nous devons l'extraire.
Margueritte demanda à être seule un instant. Elle se remémorait sa première consultation chez le gynécologue, chef du service de la maternité où elle se trouvait actuellement. Il lui avait demandé sa pointure de chaussure. Il lui avait certifié que statistiquement avec une pointure de quarante elle pouvait écarter sa crainte d'accoucher par césarienne. Elle a souri sur l'instant puis elle s'était convaincue qu'elle accoucherait par voie basse comme sa mère. Tout à coup une sage-femme entra, la prépara et l'accompagna au bloc opératoire. Il était 19h15. Elle avait froid et elle regardait silencieusement le drap blanc maintenant maintenu devant elle. Ses yeux s'emplissaient de larmes, pour ne plus voir. Rapidement elle sentit des vagues au niveau du bas du ventre, des mouvements de va et vient. Un cri. Elle l'entendit distinctement. Tout était allé si vite.
- C'est une jolie brunette aux yeux de braise !

Puis plus rien. Quand elle reprit ses esprits, elle était en salle de réveil. Blanche avait pris son premier bain puis avait rencontré son père.

Une sage-femme s'approcha d'elle, tenant dans ses bras Blanche, en grenouillère jaune pâle. Elle détourna son regard mais elle sentit que ce petit être lui était déjà relié par un fil d'or indestructible. Sur l'insistance de regarder son enfant, elle s'exécuta.

- Quelle merveille ! s'exclama Margueritte, captée par le noir intense de l'iris des yeux de Blanche.

Puis elle contempla la perfection des « finitions » comme un collectionneur devant ses voitures d'exception : les ongles manucurés, le teint halé, les cils et les sourcils parfaitement dessinés et de jolis cheveux soyeux et bruns foncés. Blanche balaya toute la salle avec ses yeux perçants qui finirent par s'arrêter sur les siens déclenchant une conversation silencieuse nourrie d'une succession de questions.

Comment lui répondre ? Ce petit bout déjà si beau, si vif, si élégant et si curieux inspira à Margueritte en guise de réponse ces mots.

- Je te fais la promesse de t'offrir un amour inconditionnel jusqu'à mon dernier souffle.

3

Jean, le cadet

Trois ans plus tard, un trente et un en cette fin d'hiver, Margueritte partit en voiture conduite par Rafael à la même maternité. Cette fois encore, il la déposa à l'entrée et il repartit, Blanche installée sur le côté droit de la banquette arrière. Il était pressé de poster sa lettre de démission. Mais à la différence de la précédente, en plus d'une augmentation de salaire, celle-ci était porteuse d'un projet de vie si cher à son cœur. Elle véhiculait la promesse d'une mutation dans sa région natale, le Sud-Ouest de la France. Margueritte, elle, espérait accoucher cette fois-ci par voie basse. Une fois allongée, la péridurale posée, la journée se déroula à peu près à l'identique de celle de la venue de Blanche. A tour de rôle, comme pour motiver l'absence de contractions, on lui répétait la même phrase, à jamais gravée dans sa mémoire.
- Madame, c'est dans votre tête que ça se passe.

Alors à chacune de leur visite elle se concentrait avec plus d'intensité. Mais au fil du temps le même scénario que celui de la naissance de Blanche se profila. Elle fut transportée au bloc opératoire en fin de journée à peu près à la même heure. Un drap blanc se dressa devant elle. Elle souffrait particulièrement du côté droit. Les médecins, affairés au-dessus de son ventre, évoquaient leurs prochaines vacances d'été tout en effectuant leurs gestes techniques. L'anesthésiste lui posait un masque sur le visage quand elle grimaçait. Elle retenait son souffle à chaque remise en place de ses organes. Sa souffrance s'atténua à la fermeture de sa plaie, celle par qui la vie était arrivée !

Crispée et épuisée par tant de douleurs, elle fut directement conduite dans sa chambre où un berceau vide l'attendait à côté de son lit. La nuit à venir était une nuit de pleine lune. On frappa à la porte, Jean apparut vêtu d'une grenouillère bleu ciel. A son approche il présentait un teint de peau laiteux légèrement rosé, des cheveux, des cils et des sourcils très clairs presque blonds, un visage à la forme carrée mettant en valeur un front très large, des yeux entrouverts et de couleur noir foncé. Sa corpulence laissait entrevoir une musculature presque aussi longue que large et dont quelques mois plus tard certains kinésithérapeutes le traitant pour une bronchiolite comparaient à celle d'un baby sumo.

- Qu'il est beau lui aussi !

La sage-femme sourit avec spontanéité en le déposant dans son berceau puis elle sortit. Contrairement à Blanche, Jean dormait beaucoup. Il tremblait fréquemment, inquiétant Margueritte bientôt réconfortée par le personnel médical. On commença à incorporer dans son biberon une dose de vitamine D.

Au fil des heures tout en l'observant Margueritte se réjouissait d'avoir dû rester alitée une grande partie de sa grossesse. Le résultat était bien à la hauteur de ses efforts et de ses espérances. Jean se révélait goulu et lent à la fois au point de s'endormir au sein. N'ayant que du colostrum elle complétait la tétée avec des flacons de lait fournis par l'établissement.

Son regard s'était ensuite assombri. Elle se sentait si seule face à des responsabilités parentales nouvelles qui se profilaient. Avant de s'endormir profondément elle l'entourait de ses deux bras. Ce n'était pas sans danger avec Jean à ses côtés même s'il gesticulait seulement quand il avait faim. Elle avait conscience qu'elle prenait des risques mais elle était physiquement dans l'incapacité de le poser dans son lit.

Blanche et Rafael furent les premiers visiteurs le lendemain. Rafael n'avait pas embrassé Margueritte, Blanche s'était précipitée dans ses bras. Il ne lui avait rien offert. Il s'était directement dirigé vers Jean qu'il voyait pour la première fois.

Blanche s'était assise au bord du lit et observait la scène. L'absence de chaleur à son égard glaçait son corps. Lui était naturel et détendu.

4

Rafael

Au bout de quelques minutes seulement passées dans la chambre d'hôpital un trait physique attira l'attention de Margueritte. Rafael, Blanche et Jean ont tous les trois un regard très expressif, séducteur pour le premier et attachant pour les deux autres.
Son profil charmeur fut l'atout dont Rafael prit conscience tôt. De taille petite, presque un mètre soixante-cinq, cheveux châtains clairs bouclés jusqu'aux épaules il débuta son expérience amoureuse au cours de sa première colonie d'été dans les Pyrénées. Ses treize ans le plaçaient au rang de benjamin dans ce groupe d'une quinzaine d'adolescents. C'était à l'époque de l'après soixante-huit. Il soufflait un air de liberté sexuelle dont s'étaient emparés les plus âgés. Les journées étaient sportives avec au programme des randonnées le matin et au choix des baignades en piscine ou des parcours en canoë kayak l'après-midi. Le début de soirée démarrait toujours par l'apéro. A la nuit tombée les jeunes avaient pris

l'habitude de se rendre à l'épicerie du village. Ils achetaient un stock d'une vingtaine de mignonnettes de Ricard, des gobelets en plastique et quelques bouteilles de soda et de jus de fruit. Ils s'éloignaient ensuite les déguster. Dès le début du séjour Margot, jolie blonde élancée aux yeux bleus souriait souvent à Rafael. Un soir elle le prit par la main et l'entraîna tout près d'une énorme botte de foin. Ils s'assirent. Elle l'embrassa tout en le déshabillant lentement, doucement. Ses gestes et ses mouvements précis dirigés avec délicatesse suscitèrent le désir chez Rafael d'une telle intensité qu'il était certain d'avoir atteint pour la première fois le Nirvana. Adulte il se définira comme quelqu'un détendu du gland chaque fois qu'il revivrait cet état d'extase. Cette première expérience de la sexualité lui apporta à l'avenir une assurance masculine auprès des filles qui lui valut une réputation solide de dragueur au collège et surtout au lycée où il y resta deux ans de plus que la durée normale. A cette époque les filles n'occupaient pas tout son temps libre. Il nourrissait une passion pour les courses sur deux roues à moteur. Et en attendant d'avoir l'âge de passer son permis moto il sollicitait son père, mécanicien, avant chacune de ses participations pour conduire un engin sans cesse optimisé. Le tandem fonctionnait à merveille, il se plaçait toujours parmi les trois premiers. A dix-huit ans il dépensa toutes ses économies pour s'acheter sa première moto rouge. Sa mère, mise sur le fait accompli, dut souscrire sans délai une assurance. Son autonomie dans ses déplacements sitôt acquise le conduisit en Espagne et jusqu'en Europe de l'Est. De retour dans son village, un baccalauréat technologique avec une spécialité en dessin industriel obtenu au rattrapage, il enchaîna sans interruption des missions intérimaires dans des bureaux d'études. Il dépensait tout l'argent gagné auprès de ses amis en soirées arrosées ou dans les bars. Parfois il dérogeait à cette pratique pour passer du temps auprès d'une prostituée. Tout changea radicalement au début de sa relation amoureuse avec Myrtille. Tous deux originaires du même village s'y installèrent en occupant un appartement de deux pièces, loué au premier étage d'une maison de ville. Ils menaient une vie de couple rythmée par les soirées hebdomadaires et bien arrosées chez Rodolphe surnommé le gentleman Farmer. Le lieu était une bâtisse héritée de sa maman qu'il retapait. Myrtille fabriquait des bijoux fantaisistes, des meubles, des lampes à partir d'objets récupérés qu'elle vendait sur les marchés. Et en complément elle animait des ateliers créatifs au sein d'associations et de centres de loisirs. S'il n'avait pas l'intention de se marier elle le convainquît d'intégrer certaines routines de vie commune comme celle de déjeuner chaque dimanche chez ses parents. De nombreuses personnes les voyaient d'ailleurs franchir le cap d'être parents. Elles avaient tort. Après seulement quatre ans d'un amour passionnel et fusionnel ils se séparèrent. Lui retourna vivre chez ses parents, reprenant sa vie d'avant. Il enchaînait les conquêtes féminines, il multipliait les virées solitaires à moto. Il nourrissait une amitié sans faille envers Rodolphe qu'il considérait presque comme son jumeau car ils étaient nés la même année.

5

Le Gentleman Farmer

Margueritte avait fait sa connaissance, celle de sa femme et de sa fille unique avant sa belle-famille. Le lien entre Rafael et Rodolphe ne faisait aucun doute sur sa nature amicale inaltérable. Natifs de deux villages voisins c'était vers leur dix-sept ans qu'ils s'étaient rencontrés. Avec les mêmes envies de se distraire ils enchaînaient tous les week-ends la musique, les dragues, l'alcool et les joints. Une soirée au mois de Juillet Rafael lança le défi de se rendre au Maroc. Âgés de presque dix-neuf ans Rodolphe s'était rendu à l'improviste chez les parents de Rafael au volant de la Peugeot 304 cabriolet verte de sa mère. Il venait lui annoncer son départ imminent pour le Maroc et lui donner rendez-vous à l'entrée de Casablanca. C'était le moment pour les membres de la bande motivés par l'aventure d'improviser un moyen de s'y rendre. Rafael opta pour la Renault 4 de sa mère institutrice donc immédiatement disponible à cette période. Avec plus d'une centaine de milliers de kilomètres au compteur cette voiture robuste présentait l'avantage d'une mécanique à portée de main donc d'une maintenance facilitée. Il se mit en route le lendemain en compagnie de deux autres copains. Ils cheminèrent sans encombre jusqu'à Gibraltar. Ils embarquèrent, débarquèrent puis reprirent leur périple avant de tomber en panne. L'embrayage avait lâché. L'endroit était désert mais comme la route était la principale qui menait à Casa elle était très fréquentée. En effet ils n'attendirent pas longtemps avant de recevoir l'aide spontanée d'un autochtone mécanicien. Avec une facilité et une rapidité remarquable il revint équipé d'un embrayage et tout le matériel nécessaire pour effectuer un échange standard. Sitôt remise sur ses roues la Renault 4 reprit la route juste après des embrassades en guise de remerciement et de dédommagement. A l'approche de la ville elle ralentit sa course derrière un troupeau d'ânes chargés d'immenses paniers en osier remplis de denrées locales. Pour se détendre les trois occupants se roulèrent des joints qu'ils fumaient tout en observant aux alentours. Enfin au bout d'une trentaine de minutes les animaux s'évaporèrent. Rodolphe était face à eux, assis sur une botte de terre, lunettes de soleil sur le sommet de sa tête. Ils s'embrassèrent puis, chacun sirotant un verre de thé à la menthe, ils se dirigèrent vers un olivier à l'allure centenaire bordant un champ de chanvre. Ils évoquaient leurs péripéties tout en fumant un joint roulé par Rafael.

L'amitié entre Rodolphe et Rafael au fil des années se manifestait aussi à propos de sujets intimes. Après sa rupture avec Myrtille, Rafael sollicitait son avis sur ses conquêtes féminines. Pour cela il agissait toujours de la même manière comme un scénario bien rodé. Il la présentait lors d'une soirée organisée en petit comité au cours de laquelle deux yeux verts la scrutaient. Puis au moment de préparer le repas Rafael se débrouillait toujours pour s'isoler un bref instant avec Rodolphe. Et c'était une fois éloignés du groupe que les quelques mots subtilement choisis par Rafael suscitaient d'un regard entendu son approbation ou sa désapprobation. Cette décision était l'indication d'une nuit soit torride et truffée de caresses et de promesses d'une vie originale soit sexuelle et physiquement expédiée sans lendemain.

Margueritte avait échappé à ce rituel car il l'avait très vite imaginée dans le rôle de la mère de ses enfants et aussi dans celui de la femme de sa vie.

6

La routine

En couple les courses au supermarché n'étaient jamais programmées, les week-ends se déroulaient hors du domicile, à moto, le linge était mélangé dans la même machine à laver, chacun repassait son linge et réglait ses frais personnels. Les dépenses communes étaient divisées en deux, chacun gagnant le même salaire. Ils ne sortaient jamais l'un sans l'autre. Leurs échanges téléphoniques quotidiens étaient fréquents. La vie à quatre s'organisait au sein d'un appartement de trois pièces en région parisienne, situé au quatrième étage avec ascenseur. Une organisation quotidienne s'était vite imposée avec la venue de Blanche puis de Jean. Rafael rédigeait la liste des courses hebdomadaires, Margueritte la relisait, parfois la complétant ou modifiant les quantités pour ne manquer de rien toute la semaine. C'était lui qui allait au supermarché. A la caisse Rafael conservait le ticket de caisse, relisait la note détaillée des articles avec leurs prix et conservait les tickets de promotion. Margueritte n'objectait aucune des décisions qu'il prenait. D'ailleurs elle tenait ce comportement depuis son enfance donnant d'elle l'image d'une fille sage et disciplinée, sans problème.

Le premier bain de Blanche s'était déroulé sur la table de la salle à manger dans une baignoire adaptée aux nourrissons de couleur bleue en plastique sous la surveillance paternelle, Margueritte aux commandes. Les suivants et tous ceux de Jean avaient eu lieu dans la salle de bain, les couches changées sur une planche en bois brut suspendue posée par Rafael au-dessus du bidet. Les nuits de Blanche et de Jean différaient en tout point. Blanche s'endormait dans les bras et se réveillait toujours de très bonne heure. Margueritte se souvint d'un dimanche matin du mois de décembre. Les pleurs de Blanche ne cessaient pas pour une fois. Un peu désespérée par l'impatience bruyamment exprimée par Rafael encore au lit elle partit la promener dans le parc glacial de la résidence. Elle avait longtemps marché, un temps suffisamment long pour retrouver son calme intérieur. A son retour Rafael trempait calmement dans son café une tartine grillée beurrée, en tenue de motard. Il était prêt pour sa sortie en solitaire du dimanche matin. Elle le revoyait ensuite au déjeuner puis dans l'après-midi pour une promenade familiale dans un haras proche du domicile. Un autre souvenir plus pénible et plus perturbant lui revint en mémoire. Une fois en

pleine nuit Blanche criait. Rafael s'était levé le premier exceptionnellement. Il s'était approché de son lit, avait haussé le ton pour qu'elle se tut. Rien n'y avait fait.
- Toi je vais te calmer rapidement avec une bonne douche froide.
A ces paroles Margueritte fit un bond hors du lit. Elle se précipita vers la salle de bain pour en ressortir avec Blanche au bras. Elle la recoucha, choquée par la vision de la scène qui venait de se dérouler sous ses yeux entre un père et son nourrisson. Le lendemain au moment de sa changée alors que Rafael était déjà parti travailler elle lui fit la promesse de toujours la protéger.
Lorsque son congé maternité prit fin et faute de place en crèche Blanche fut gardée avec une autre petite fille plus âgée qu'elle de trois mois alternativement une semaine au domicile de l'une et la suivante au domicile de l'autre. Au bout d'un an chacune d'entre elles intégra une crèche différente en moyenne section. Cette nouvelle expérience se solda par un échec cuisant pour Blanche : c'était le seul enfant à ne pas s'alimenter et à ne pas boire de la journée tant elle s'ennuyait parmi tous les autres enfants livrés à eux-mêmes avec comme seule distraction des jouets jonchés sur le sol. Sa corpulence déjà longiligne s'affinait encore. Elle pensait sans cesse à sa maman. Elle prenait uniquement le matin et le soir les biberons de Blédidéj préparés par Margueritte qui faisait face à cet épineux problème seule comme elle

pouvait, Rafael absorbé par sa carrière professionnelle. Malgré tout elle maigrissait, sa maman aussi. Alors s'étaient enchaînés les rendez-vous chez le pédiatre et chez un pédo psychiatre. Il parait qu'un enfant ne se laisse pas mourir de faim. Margueritte n'était pas convaincue en voyant chaque jour la santé de Blanche se dégrader et la sienne aussi. Elle refusait d'atteindre le stade d'une hospitalisation. Un dimanche midi au moment du repas familial, Blanche ne mangeait rien comme elle en avait pris l'habitude. Devant son refus Rafael haussa le ton et lui ordonna de manger. Il criait même. Sans succès. Alors il se leva et fessa Blanche si fort qu'il éclata sa couche. Margueritte la prit dans ses bras en pleurs, alla la changer puis la câlina et la coucha endormie. De retour dans la salle à manger, dans son for intérieur elle sentait une violence intérieure si puissante grandir chez Rafael que l'avenir l'inquiétait un peu. Elle contenait aussi sa colère tout en ressentant une montée de l'intensité de sa souffrance. Est-il vraiment l'homme qu'elle espérait ? Réussirait-elle à vivre une vie sereine et rassurante à ses côtés ? N'avait-elle pas projeté sur lui ses valeurs faisant d'elle une complice de sa maltraitance ? Et puis un jour alors qu'elle déposait comme chaque matin Blanche en crèche la directrice, sensible à la détresse de Margueritte, dérogea au règlement et lui proposa de l'intégrer en grande section qui présentait l'atout de journées animées avec des activités variées et nombreuses. Et elle avait vu juste. Blanche n'avait plus une seule minute libre dans la journée donc elle ne pensait plus à sa maman pour tuer son ennui et elle s'alimentait enfin. Elle se languissait juste de sa maman au moment des premiers départs le soir. Et gare à ceux qui s'approchaient trop près pour l'embrasser avant elle au risque d'être repoussés avec vigueur.

Jean, lui, s'endormait sitôt allongé sur le dos, ses deux poings serrés et levés au niveau de sa tête. Ses nuits étaient complètes et s'achevaient au réveil par un joli sourire et un vif battement des jambes. Bon vivant et bon communicant il appréciait par-dessus tout la présence de sa sœur. Il le lui témoignait par des gazouillis. Tout comme il s'était manifesté par des pleurs vers cinq mois au moment du rituel de la lecture le soir avant de s'endormir, Margueritte et Blanche confortablement installées dans le lit conjugal, lui seul dans son lit. Il avait aussi vite compris son intérêt à être assis à table à côté de sa sœur dont l'appétit était celui d'un moineau. Tous les matins de la semaine, selon la volonté de Blanche, Jean était déposé le matin en crèche avant elle à la maternelle. Le soir inversement elle sortait d'abord de l'école puis se joignait à sa mère pour le retrouver. Elle aimait Jean pourtant elle éprouvait une grande difficulté à interrompre sa relation exclusive avec Margueritte comme les aînés dans de nombreuses fratries.

Tous les vendredis soirs depuis le début de leur vie commune ils dînaient dans la pizzeria de la ville, implantée dans un virage et où Rafael avait ses

habitudes alors célibataire. Lui prenait systématiquement la même pizza, une Firenze, qu'il comptabilisait comme toutes celles consommées depuis sa reprise d'études en ingénierie en formation continue, puis un café liégeois en dessert. Elle avait pris l'habitude de commander une salade César mais ne les avait jamais comptabilisées.
- Pour accompagner notre repas nous prendrons un pisset de Roger !
En fin de repas il demandait systématiquement le partage du montant de la note en deux. Elle s'était exécutée sans jamais s'être rebellée, même quand il avait commencé à gagner un meilleur salaire qu'elle. Craignait-elle alors qu'en désapprouvant une seule fois ses volontés il la rendrait responsable de problèmes dans le couple s'ils survenaient réellement ?
Tous les samedis matins étaient rythmés par la rédaction de la liste des courses effectuées par Rafael. De son côté Margueritte lavait, étendait et repassait le linge, nettoyait le sol, distrayait les enfants et rangeait les courses.
Tous les dimanches matins Rafael partait à moto et se promenait en famille l'après-midi.
En semaine c'était Margueritte qui emmenait les enfants le matin à l'école, les cherchait le soir, les baignait, préparait le repas, leur donnait à manger, Rafael rentrant tard quand il n'était pas en déplacement. Il avait fait le choix du commerce,

certes plus lucratif mais surtout plus libérateur. Margueritte l'apprit plus tard à ses dépens.

Les fêtes et les vacances perturbaient cette organisation et se déroulaient chez les parents de Margueritte, à l'exception d'une semaine estivale passée en camping entre mer et montagne.

7

Les dépenses

Au début de leur relation Margueritte proposa d'ouvrir un compte bancaire commun alimenté équitablement par chacun. Il serait destiné à payer les frais communs, le loyer, les courses alimentaires. Elle avait bien dû le relancer un grand nombre de fois avant qu'un après-midi durant un week-end il lui demanda de le rejoindre devant son ordinateur.
Sur l'écran était ouvert un fichier au format excel.
- Depuis que j'occupe un poste stable dans un bureau d'études je consigne le détail de mes rentrées et de mes sorties d'argent. Je crée chaque année un fichier suffixé par l'année et composé de douze onglets, un par mois. Chaque feuille contient un tableau consignant dans une colonne mes dépenses, dans une autre mes rentrées d'argent avec un libellé associé à chaque montant. J'ai créé des macros visualisant le pourcentage de la répartition de mon argent comme un portefeuille d'actions. Je sais à tout moment ce que j'ai

épargné, ce que j'ai dépensé et mes gains par catégories. Je vais te proposer un autre modèle de fichier pour notre budget selon la même logique.
Margueritte s'éloigna devant la télé.
- Le fichier est prêt.
Margueritte reprit sa place auprès de Rafael qui lui expliqua sa façon de comptabiliser. Chaque mois il saisirait sur justificatifs marqués des initiales les montants engagés par chacun dans une colonne qui lui est dédiée. Si c'était une rentrée il y aurait un signe positif sinon un signe négatif. Le dernier samedi de chaque mois la saisie devrait être terminée.
- Je saisirai et tu vérifieras tous les chiffres. Celui d'entre nous qui aura le plus dépensé sera remboursé de la moitié de l'écart par l'autre immédiatement si l'écart est important sinon le mois suivant.
La feuille excel mensuelle était agrafée avec tous les justificatifs. Margueritte adhérait à ce fonctionnement de tout diviser en deux puisqu'ils avaient le même salaire. Mais cela n'avait pas duré, à l'avantage de Rafael. En devenant propriétaires d'une maison cossue dans un lotissement Margueritte avançait les sommes d'argent les plus importantes : le montant mensuel du remboursement du prêt immobilier, le montant trimestriel de l'assurance du prêt et Rafael payait les impôts fonciers. Un traitement spécifique était réservé au paiement des impôts sur le revenu de chacun. N'étant ni mariés ni pacsés se posait la

question de savoir qui déclarerait les enfants. La règle selon laquelle l'imposition serait la plus favorable à l'un deux a été retenue. Le fichier comptabiliserait le montant de la moitié du gain versé à l'autre. En grandissant les besoins de Blanche et de Jean devinrent un sujet de discorde ouvert. Chaque dépense effectuée par Margueritte devait être justifiée et validée. Par exemple l'achat d'un tee-shirt à quinze euros pour Jean, comme chaque achat, suscitait les mêmes questions.
- A-t-il vraiment besoin de ce tee-shirt ? Elle lui en apportait la preuve.
- N'y en a-t-il pas d'autres moins chers ? Elle argumentait. C'est ainsi que l'acte d'achat était au fil du temps devenu une épreuve qu'elle redoutait tant. Épuisée par ce combat futile elle finissait par dissimuler certains achats. Rafael n'était pas dupe mais s'en accommodait bien volontiers comme le reste de cette vie sans saveur. Très souvent lorsqu'on lui demandait comment il allait il répondait sans hésiter,
- Je suis détendu du gland ! suscitant le sourire de ses interlocuteurs.
Margueritte en avait oublié à cette époque la déclinaison du sens pratique de cette expression chez lui.

8

La rencontre

Rien ne les prédestinait à une vie commune. Ils s'étaient rencontrés dans le milieu professionnel. Elle lui succédait à son poste d'ingénieur avant-vente sur une ligne de produits logiciels. Il avait fait le choix d'une société concurrente plus rémunératrice. Il fuyait également l'ascension fulgurante d'un jeune programmeur sous ses ordres devenu directeur logiciel lui imposant son rythme et ses exigences. Démissionnaire, lorsqu'il quitta son poste ils échangèrent leur numéro de téléphone portable. Quand Margueritte le rappela quelques jours plus tard pour prendre de ses nouvelles Rafael l'invita à dîner chez lui un samedi soir dans son deux pièces, immergé dans un complexe d'immeubles au milieu d'un immense parc verdoyant et arboré. Elle n'imaginait pas en sonnant à sa porte qu'elle n'en repartirait plus. Elle se souvint parfaitement de cette première soirée passée à discuter tout en partageant un magret de canard et des pommes dauphine accompagnés d'un fronton rouge. Rien d'exceptionnel. Et puis, assis côte à côte sur une table basse en bois ils se rapprochèrent et ils s'embrassèrent. Il se leva. Il roula un joint de cannabis avec dextérité et assurance et lui proposa des taffes. Elle toussait après chaque bouffée, un peu nauséeuse. Puis tout s'était enchaîné, d'abord dans le salon puis au lit. Après son installation chez Rafael elle se rendait fréquemment à son appartement déserté du jour au lendemain pour en revenir avec des vêtements qu'elle rangeait d'un côté de la penderie libéré pour elle. Rafael lui avait proposé dès la deuxième nuit de se coucher à sa gauche. Très attentionné à son égard, elle prenait conscience de sa chance d'avoir rencontré un homme doux, plein d'humour et ambitieux. Bref il présentait tous les atouts de son homme idéal, celui qui satisfaisait à sa quête d'amour, un homme d'âge mur sans enfant et qui en désirait deux comme elle, un garçon et une fille et qui lui inspirait la certitude d'une carrière professionnelle ascensionnelle. Elle en avait d'ailleurs oublié son physique disgracieux, ses ronflements nocturnes et ses cheveux gras au réveil. Ils étaient devenus rapidement inséparables et liés au point de ne plus savoir lequel des deux désignait ce couple récemment constitué. Ils partaient le matin et revenaient du travail le soir ensemble. Ils se baladaient le week-end à moto. Le dimanche soir chacun repassait son linge. Le temps filait mais elle avait fait le choix de ne pas le présenter rapidement à ses parents sans trop en connaître la raison. Avait-elle des doutes sur la pérennité de son couple ? Il lui avait juste fait une fois le reproche d'avoir ri aux éclats avec une de ses amies au téléphone. L'été se profilait et avec lui le sujet des vacances. La bonne nouvelle était qu'ils venaient tous deux d'être confirmés dans leur poste. C'était donc dans les meilleures dispositions qu'ils envisagèrent de faire un road trip à moto. Margueritte rêvait de se rendre à Saint Jacques de Compostelle. Cette destination inspira à Rafael un itinéraire de quinze jours. Il fixa les dates. Le cap Finisterre en Galice fut la destination finale. Ce petit bout de terre situé à l'extrémité ouest de l'Europe est un vrai bijou. Les romains le surnommaient finis terrae, pensant qu'il délimitait le bout du monde. La côte est sauvage et fait échos aux paysages celtes : mer et falaises recouvertes d'herbes bien vertes. La fraîcheur du climat à cet endroit est appréciable à cette période.

9

L'unique virée à moto

Il lui avait prêté un casque et des gants. Elle s'acheta un blouson bleu marine élégant et féminin de la même marque que celle de sa moto. Avant lui elle n'était jamais montée sur une moto. Cette expédition était assurément un plaisir pour lui, motard endurci, et une découverte pour elle. Le week-end précédant le départ il lui présenta le tracé de la trajectoire dans le nord de l'Espagne sur une carte Michelin. En France il avait envisagé une première halte près de Limoges chez l'un de ses copains, père célibataire, qui élevait seul ses trois enfants et qui retapait une ancienne grange. La seconde avait eu lieu chez son copain Rodolphe, le gentleman Farmer. Il lui fit découvrir la province d'Aragon, province magnifique où se mélangent des paysages aussi variés que sauvages. C'était là que Margueritte découvrit la descente du Rio Vero. Elle visita aussi le célèbre village d'El Quezar, la province d'Huesca, Jaca, Burgos et bien d'autres villes encore. Les trajets à moto avec parfois des pointes de vitesse à 210 km/h ponctués de pauses déjeuner et de visites composaient l'essentiel de leurs journées. Margueritte à son grand étonnement démontrait une bonne endurance. Elle avait juste eu quelques frayeurs pendant la traversée de Burgos agitée par un fort vent. Les déportements brusques de la moto étaient nombreux sur des routes longilignes fort heureusement peu empruntées. C'était durant ce séjour qu'elle découvrit les menus espagnols composés d'une entrée, d'un plat, d'un dessert, de pain et d'une bonne bouteille de vin. Ils avaient toujours choisi du vin rouge comme cela se dit en espagnol « vino tinto ». La cuisine était familiale, les quantités copieuses. Le soir en se baladant Rafael ne s'attardait jamais dans les boutiques si bien qu'elle n'avait acheté aucun souvenir. De ce séjour elle conserva les photos prises, les moments intimes quotidiens le matin au réveil sous la douche et la prise régulière de la pilule. De ce pays elle en connaissait maintenant beaucoup plus de villes. Elle avait en effet visité Madrid et ses alentours quelques années auparavant avec la famille de la correspondante de sa sœur. Le jour du retour en France lui sembla arriver trop tôt. Ils repartirent comme ils étaient arrivés c'est-à-dire sans la problématique de ne pas pouvoir boucler les valises. Ils avaient souhaité passer la nuit à Saint-Jean-de-Luz. Mais à cette époque et sans réservation ils n'avaient pas eu d'autre choix que de rentrer directement chez Rodolphe. Avant d'enfourcher la moto ils avaient dîné dans un restaurant typique de la région. L'amour que lui portait Rafael la rendait heureuse, plus séduisante et plus confiante en elle. Tout juste revenus dans leur appartement, pendant l'apéro il lui suggéra d'arrêter de prendre la pilule. Elle accepta, persuadée qu'à trente-cinq ans il lui faudrait attendre un bon moment avant de tomber enceinte. Finalement sa première grossesse débuta le mois suivant. C'était au rythme effréné de ses déplacements qu'elle l'apprit un peu plus de trois mois plus tard en effectuant un test alors qu'elle se sentait très fatiguée. Sa première échographie devait sans ambiguïté officialiser son futur statut de mère.

10

La crise urinaire

Pourtant bien installée dans ses rôles de mère et de compagne elle se réveillait fréquemment la nuit, un goût amer dans la bouche et des images d'elle humiliée ou violentée par Rafael. Quelque chose ne clochait-elle pas continuellement dans sa vie à ses côtés ? Elle se souvient particulièrement de l'année des dix-huit ans de Blanche et des quinze de Jean. Le printemps s'achevait. Cette nuit-là comme tant d'autres fut écourtée mais pas par un de ses sombres rêves. Il avait commencé à trembler tout en battant des pieds. Margueritte, épuisée de sa journée comme toutes les précédentes, dormait à poings fermés quand elle fut ébranlée par des tapes insistantes sur son bras. Elle retira ses boules Quiès.
- Ça ne va pas. Je ressens des brûlures.
Margueritte se leva et lui apporta un thermomètre. Il avait de la fièvre. Il disait souffrir au niveau du bas ventre. Elle avait écarté la crise d'appendicite puisqu'il avait été opéré alors qu'il était adolescent.

Elle savait aussi qu'il avait des phases d'apnée pendant son sommeil mais il n'y avait aucun rapport. Elle lui demanda de donner davantage de détails pour l'aiguiller.
- J'ai mal au niveau de l'anus.
Il souffrait vraiment et s'en inquiétait.
- Est-ce que tu penses pouvoir tenir jusqu'à l'ouverture du cabinet médical demain ?
Il ne répondit pas. Il gémissait.
- Écoute je ne suis pas médecin mais je crains que tu ne puisses pas attendre bien longtemps. Es-tu d'accord pour que je téléphone au SAMU ?
Au bout d'un long silence il accepta et la remercia de prendre soin de lui.
On l'ausculta. Le diagnostic s'orientait soit vers une crise urinaire soit vers une crise prostatique. Mais des examens plus approfondis s'imposaient.
Il avait été bien difficile de le convaincre de se laisser hospitaliser tout de suite. Une fois parti Margueritte se recoucha et s'endormit tout aussi vite avec la perspective d'un lendemain déjà fatigant.
De retour en fin de matinée par ses propres moyens il l'avertit par sms qu'il avait un traitement d'antibiotiques à suivre et qu'il se couchait. Elle était rassurée d'apprendre qu'une intervention n'était pas nécessaire ni qu'un diagnostic plus alarmant n'avait pas été identifié.
En rentrant le soir à la maison il était assis sur son fauteuil en cuir rouge devant la télé, les traits tirés. Elle lui adressa un sourire de soulagement.

- Quel plaisir de te savoir en bonne santé !
- Oui je suis soulagé.

Elle enchaîna ses tâches quotidiennes, le suivi des devoirs, la préparation du dîner, le dressage de la table à manger, un peu de rangement.

Avant de manger, elle vint s'asseoir dans le salon. Il avait l'air soucieux.

- Penses-tu que mon infection soit transmissible ?

Elle fut d'abord surprise puis troublée. Ce n'était pas une question anodine.

- Quelles sont tes inquiétudes ? Si c'est un virus, il sera identifié et on connaîtra son mode de transmission.
- Non, non, je ne suis pas inquiet, juste contrarié car j'avais prévu une virée à moto de deux jours avec Rodolphe. Je ne serai pas rétabli c'est certain.

Elle se leva et appela les enfants toujours dans leur chambre à l'étage pour s'attabler.

- Ne mets pas d'assiette pour moi. Je mangerai juste un yaourt.

Le repas fut silencieux. Rafael se leva.

- Je vais me coucher.
- Bonne nuit, lui répondirent-ils tous en cœur.

A la fin du repas Blanche et Jean l'embrassèrent puis regagnèrent leur chambre.

Elle débarrassa la table et se posa dans le salon devant la télé. Les programmes télé défilaient sous l'action mécanique de son pouce sur la télécommande sans qu'elle ne parvînt à en suivre un. La question de Rafael tournait en boucle dans sa tête. Pourtant épuisée elle n'alla pas se coucher.

Elle se rendit à la cuisine où son téléphone portable se rechargeait.

11

Les SMS

Il n'était pas verrouillé. Elle chercha dans les contacts. Tout à coup elle composa un numéro puis raccrocha. Rien de suspect mais il était trop tard pour reculer. Toujours avec maladresse elle consulta ses messages. Elle tomba sur un échange avec Rodolphe datant du nouvel an.
- Salut. Bonne année. Je te souhaite pleins de petits Rafaels pour cette nouvelle année !
- Salut. Bonne année. C'est entendu je t'en garde un ou deux de la portée !
Elle poursuivit puis elle remarqua de fréquents échanges avec un numéro.
- Salut. Je te souhaite de joyeuses fêtes de Noël en famille dans ta nouvelle maison.
Elle s'étonna de ne pas voir la réponse. Un peu plus tard dans l'année la conversation reprit.
- Bonjour. Comment va ta santé ? Bonne soirée.
- Salut. Ça va mieux. Merci.
- Salut. Ma venue cet après-midi ?

- Bonjour. Oui avec grand plaisir. Bisous. Gros bisous.
- Salut. Est-ce que tu bosses cet après-midi ?
Manifestement des messages ont été effacés. Le samedi après-midi suivant, alors qu'elle se détendait assise sur le canapé en cuir rouge, les pieds relevés, elle zappait à la recherche d'une émission qui ne sollicitait pas ses neurones. Son cerveau avait vraiment besoin d'un moment de répit. Et elle l'avait trouvée. C'était une rediffusion d'un épisode de Columbo. Elle aima revoir ce coupé cabriolet Peugeot 403 gris si célèbre et qui avait appartenu avant lui à Roger Pierre, humoriste français. Au bout de plusieurs minutes de film, Margueritte posa son regard sur le fameux carnet noir du célèbre inspecteur de police. C'était celui dans lequel il consignait toutes les questions indispensables à l'avancement de son enquête. C'était celui grâce auquel jaillissait à coup sûr la vérité. Le lendemain soir Rafael partit se coucher tout de suite après le dîner. Elle accompagna les enfants au lit, les embrassa comme chaque soir depuis leur naissance. Elle redescendit et se dirigea vers la table ronde de la salle à manger où était posait son sac à bandoulière en cuir noir. Elle l'ouvrit délicatement. En rougissant elle en retira son carnet de répertoire téléphonique en cuir noir. Elle le feuilleta entièrement, le posa, alla chercher un stylo et un post-it. Elle y nota les identifiants d'accès au fournisseur de téléphonie mobile et le rangea dans son sac à main. Elle remit à sa place le

carnet, éteignit la télé et les lumières. Elle se démaquilla et revêtit sa chemise de nuit. Elle regagna leur chambre sur la pointe des pieds. Il ronflait. Elle posa son téléphone portable qui lui sert de réveil sur sa table de nuit. Elle s'emmitoufla dans sa polaire blanche préférée. Elle mit ses boules Quiès et s'endormit très vite. Le lendemain soir en rentrant du travail la porte d'entrée était verrouillée avec les clefs laissées dans la serrure. C'était une nouvelle habitude qu'il avait prise. Elle frappa.
- Salut. Tu rentres tôt aujourd'hui lui lança Rafael un peu surpris.
- Salut. Oui.
- Tout va bien au boulot ?
- Oui, oui, très bien.
Margueritte se prépara un thé vert au jasmin avec un soupçon de lait d'avoine. Elle fila à l'extension située au-dessus de son garage. Elle se connecta et consulta le détail des consommations téléphoniques depuis le 1er Janvier. Elle valida rapidement la fréquence de ses échanges avec ce numéro mystérieux et l'effacement d'un certain nombre d'entre eux. Y aurait-il un lien avec son changement de comportement depuis le début de l'année 2018 ? Il n'évoquait plus ses balades à moto le dimanche matin au déjeuner. Il n'envoyait plus le bonjour de Rodolphe qui l'accompagnait de temps en temps. Il critiquait systématiquement le repas. Elle se souvint qu'il lui avait reproché de ne pas avoir coupé des tranches égales de rôti de porc.

Le samedi soir suivant elle subtilisa les clefs de sa moto pour en relever le kilométrage. Le lendemain comme à son habitude il partit très tôt.
A son retour elle lui demanda comment s'était passée sa matinée.
- Très bien. J'ai beaucoup roulé avec juste une petite pause pour avaler un expresso dans un village pittoresque situé en hauteur, dans l'arrière-pays.
Au moment de prendre sa douche, de très longues minutes sous un puissant jet presque brûlant, elle releva de nouveau le compteur kilométrique. Il avait parcouru exactement quatre-vingt-quatre kilomètres en quatre heures.
C'était une information supplémentaire qu'elle corrélait aux échanges récents et très fréquents de sms avec ce numéro, à ses critiques de plus en plus nombreuses et acerbes envers elle et les enfants.
Pendant le repas elle lui demanda avec douceur des détails sur le déroulement de sa matinée.
- Mais c'est un interrogatoire ! Que veux-tu que je te dise ? J'ai pas compté le nombre d'arbres et de maisons croisées.
Il avait aussi cette année débuté le maniement des pinceaux. Il peignait la journée en son absence des tableaux inspirés de tantrisme qu'il suspendait sur les murs du salon de l'extension. Elle les découvrait un peu par hasard et constatait qu'à peu près chaque mois une création s'alignait aux précédentes. Ils étaient tous précisément datés et portaient une indication d'un lieu. Intriguée elle se

risquait pour chacun d'entre eux à poser quelques questions. Systématiquement il lui répondait sur un ton sec que les réponses étaient évidentes. Il envoyait ses productions picturales sous forme de mms au même numéro. Elle souffrait en silence de n'être plus qu'une personne qu'il croisait chaque jour et avec qui au mieux il échangeait des banalités de la vie courante et au pire il lui manifestait de la haine sous toutes les formes. Du rôle de compagne elle pressentait devenir son bouc émissaire ou plutôt l'obstacle à ses plaisirs charnels naissants. Depuis la naissance de Jean elle ne s'expliquait pas l'absence de manifestation de sentiments affectifs et amoureux envers elle. Elle en souffrait terriblement. Avec le sentiment de ne plus être aimée malgré son dévouement total et intègre pour sa famille elle ne pouvait plus fermer les yeux sur ses supposées infidélités avec des prostituées. Elle devait affronter une relation adultère qui semblait s'établir.

12

Les aveux

Au cours de sa carrière professionnelle ses fréquents déplacements en avion avaient rapporté suffisamment de miles pour envisager un voyage long courrier en famille. Rafael évoqua cette perspective qui enchanta tout le monde. Très vite le Canada comme destination emporta tous les suffrages. Ayant été récemment licencié il mit son temps libre à échafauder un itinéraire incluant une escapade de trois jours à New-York. Il se renseigna auprès d'une personne qui quelques années auparavant avait hébergé le fils d'un copain. Il négocia aussi de loger quelques temps chez l'autre fils en stage à Montréal. Il se plaignait d'être seul à tout organiser sans tenir compte que les enfants lui avaient transmis leurs centres d'intérêts. Il ne supportait pas par-dessus tout qu'ils aient émis le souhait d'acheter des vêtements là-bas en réponse à son refus d'acheter en France en cette période des soldes. Selon lui ces pays avaient acquis la réputation de prix vestimentaires élevés et fashion.

- Acheter, acheter, acheter. Ils n'ont que ce mot à la bouche, répétait-il très régulièrement en s'énervant.
La date du départ approchait. Il apprit le dimanche la précédant en fin de soirée que le fils de son copain ne pouvait pas proposer son logement puisqu'il se séparait de sa copine. Un autre copain n'était plus libre pour les accompagner à l'aéroport ni pour venir les chercher.
- Je ne comprends pas. Personne ne m'aide dans cette maison.
- C'est difficile de faire beaucoup plus que toi, moi je travaille et les enfants préparent leurs examens.
Une bonne partie de la nuit, en compagnie de Margueritte, sur l'ordinateur situé dans la Rochelle à l'étage, il réserva les hôtels et elle prenait des notes. Il ne restait plus que le choix d'un taxi.
Rafael s'était calmé. Il ne criait plus. Margueritte priait en silence pour que les enfants aient pu s'endormir avant qu'elle n'ait elle-même pris le chemin de son lit. Le lendemain il acheta deux énormes valises rigides, une noire pour les parents et une rouge pour les enfants. Les passeports étaient prêts et les documents demandés d'entrée et de séjour sur le territoire étaient obtenus. Les autres préparatifs furent laborieux.
Le départ arriva enfin. Les vols s'étaient bien déroulés, juste un prévisible décalage horaire à l'arrivée. Les visites s'étaient enchaînées, le site des deux tours jumelles, la statue de la liberté, Central Park, la 5 -ème avenue, Harlem, la tour Rockefeller, Times Square, la gare de New-York, la

rue Sainte Catherine à Montréal, les grands lacs canadiens.

Tout se déroulait sans heurt jusqu'au moment où les enfants avaient souhaité faire des emplettes à New-York. Au lieu de les accompagner, Rafael s'était assis sur un banc et avait posé comme ultimatum un retour dans une heure trente pour preuve d'impatience. C'était noué et stressé que le reste de la famille s'était élancé à pas cadencés dans un immeuble à plusieurs étages. Il leur reprocha leur retard de quinze minutes, gémissant qu'il était resté seul trop longtemps. Margueritte en avait gardé des nausées et les enfants une grande frustration. Mais le clou du séjour est à jamais resté gravé dans sa mémoire. Ils revenaient d'un séjour dans la région des grands lacs canadiens et se dirigeaient vers l'agence de location de voitures à Montréal pour y déposer la voiture louée pour l'expédition. La soirée était déjà bien avancée, c'était un dimanche. Pour des raisons financières, seule Blanche avait sur son téléphone portable un accès à internet et donc à un GPS.

- Peux-tu me donner la direction à suivre sur le GPS de ton téléphone portable ? en la fixant dans le rétroviseur intérieur.

- Tu prendras la prochaine bretelle à droite, puis ce sera à gauche et tu resteras sur cette route.

Sur quelques mètres suivants, Rafael réitérait la même question, et deux autres fois encore en peu de temps. La réponse de Blanche était la même.

- Tu pourrais quand même être plus aimable avec moi. Si je te demande la route ce n'est pas pour t'emmerder. J'ai besoin que tu m'aides. Tu sais très bien que si je n'ai pas loué de voiture équipée de GPS c'est pour faire des économies.

Tout en cheminant sur une rue dans Montréal, il l'agrippa violemment par le bras et l'épaula en lui criant que son attitude ne lui convenait pas. La voiture s'arrêta net. Blanche détacha sa ceinture, ouvrit la portière et s'enfuit en courant à grandes enjambées. Instinctivement Margueritte lui emboîta le pas, bientôt dépassée par Jean. Tous deux lui criaient de s'arrêter. Il faut dire que dans cette ville les rues sont organisées en damier, des parallèles entrecoupées de perpendiculaires avec des panneaux d'arrêt comme indication de s'immobiliser à chaque croisement. Cela faisait deux rues que Blanche en franchissait sans s'arrêter et en regardant toujours droit devant elle. En longeant un terrain de foot où des jeunes s'entraînaient l'un d'entre eux arrêta de jouer devant cette course poursuite.

- Madame, Madame avez-vous besoin d'aide ?

Margueritte lui fit une réponse négative de la main sans ralentir.

Jean la rattrapa le premier. Ils la consolèrent longuement.

- Je ne le supporte plus. Il hurle même en vacances. Il exige de nous de constamment exécuter ses ordres. Le midi on mange sur le pouce en achetant un peu de nourriture dans les supermarchés, le soir

54

au restaurant on ne peut pas prendre un dessert chacun. On ne peut pas acheter de vêtements. Il ne tient pas ses engagements. Il critique tout le temps. Il est toujours brutal vis à vis de nous. C'est mon pire séjour. Je veux rentrer en France.
Maintenant rejoints par Rafael essoufflé qui hurlait.
- Et moi alors ? J'vais pas bien. Personne ne s'occupe de moi.
- Tu brutalises Blanche. Tu nous brutalises tous les trois depuis des années. Mais de quoi te plains-tu ? C'est insupportable.
Ils regagnèrent en silence la voiture. Blanche et Margueritte descendirent au pied de l'hôtel. Rafael et Jean ramenèrent la voiture. Environ vingt minutes plus tard on frappa à la porte.
- Tu es rentré tout seul ?
- Oui Maman.
C'est bien plus tard, quand ils dormaient que Rafael rentra.
Le lendemain matin Rafael s'adressa à Margueritte.
- Ta fille est hystérique.
- Je ne comprends pas. Que racontes-tu ?
Silence.
A partir de cet instant ils ne prirent plus leur petit déjeuner ensemble ni aucun autre d'ailleurs jusqu'au départ. Rafael partait la journée de son côté. Dans l'avion Rafael n'était pas assis à leurs côtés mais réprimait à voix haute les enfants dès qu'une de leurs attitudes le dérangeait. Il manifestait le même comportement pendant les randonnées familiales estivales en Asturies. Jean se

souvenait qu'à partir de ses dix ans il lui reprochait de ne pas marcher assez vite et il refusait systématiquement ses propositions d'activités sans lui avouer la véritable raison, celle de dépenser le moins possible. Quelques jours après la rentrée scolaire, un dimanche après-midi alors que Rafael était parti faire un tour à moto, Jean entendit Blanche pleurer et sangloter dans sa chambre mitoyenne de la sienne.
- Qu'est-ce qu'il y a ?
- J'comprends pas. Les pères de toutes mes copines sont calmes. Ils ne gueulent pas comme lui.
Margueritte les rejoignit.
- Maman, quand est-ce qu'on s'en va ? J'veux plus rester ici avec lui.
- Je ne sais pas encore. Pour l'instant ce que je vous demande c'est de vous concentrer à la réussite de vos examens. Ça ne va pas très bien entre votre père et moi, vous l'avez bien compris. Quoi qu'il arrive ne vous détournez pas de votre objectif.
L'année scolaire se déroula dans un climat gouverné par une communication minimaliste, une absence de sorties familiales excepté la pizzeria tous les vendredis soirs où chacun prenait toujours le même menu qu'il engloutissait silencieusement devant l'écran de son téléphone portable. Mais cela changea brusquement. Les dates des épreuves des examens des enfants approchaient. C'était un dimanche soir. Margueritte finissait de débarrasser la table avant de s'installer dans le salon devant la télé. Rafael y était confortablement installé dans

son fauteuil en cuir rouge, il tapotait sur les touches de son téléphone portable. Elle tourna son regard vers lui.
- Je souhaite que nous fassions le point sur notre couple.
- Oui je sais. On va le faire. Ne t'inquiète pas.
Elle le lui avait déjà demandé à plusieurs reprises. Alors ce soir-là, lasse de s'entendre répondre d'attendre encore, elle répéta sa question.
Tout à coup Rafael bondit. Il se rua vers elle et s'arrêta net à quelques centimètres de son visage en levant la main dans sa direction, prêt à la gifler violemment.
- Eh bien, puisque tu veux savoir. Voilà, entre nous, c'est fini. C'est un échec. J'ai de nouveaux projets qui ne te concernent plus. Je veux simplement qu'on continue de vivre ensemble jusqu'à l'obtention du bac de Jean et qu'on solde le crédit immobilier.
- Je ne considère pas que Blanche et Jean soient un échec.
Puis il partit se coucher en fermant la porte de la chambre, pour la première fois.
Abasourdie par une conversation si courte pour mettre un point final à vingt ans de vie commune et deux enfants, elle resta un long moment, assise sur le canapé en cuir rouge, en face des images de la télé qui défilaient. Elle se leva, éteignit la télé et les lumières, rentra dans la chambre prendre son oreiller et passa sa première nuit dans la mezzanine ouverte de l'extension. Elle ne s'endormit pas à

cause de certaines scènes qui spontanément lui revenaient en mémoire.

La semaine dernière alors qu'elle préparait le dîner il s'adossa au radiateur.

- Tu sais j'ai suffisamment d'argent de côté pour racheter tes parts de la maison.

Devant son absence de réaction il poursuivit cette fois sur un ton menaçant.

- Toi tu ne perds rien pour attendre car je ne vais pas te louper. Tu n'es qu'une merde, une grosse merde.

L'angoisse mêlée à une peur intense la pétrifia, l'empêchant de verser la moindre larme. Jusqu'alors quand il manifestait de la froideur ou un mécontentement injustifié au sujet de toutes les actions qu'elle menait pourtant à bien elle se réfugiait dans la salle de bain pour pleurer comme si ses pleurs atténuaient toutes les injustices et les humiliations qu'il lui infligeait. Il ne faisait aucun doute qu'elle lui rendait sa vie bien confortable. Elle avait un salaire très correct. Elle s'occupait de la maison, des enfants. Elle partageait tous les frais de la maison. Elle ne lui demandait pas grand-chose c'est-à-dire rien finalement. Elle ne recevait de lui aucune fleur, aucun cadeau à part cette unique attention particulière peu de temps avant leur séparation. Il la prit par la taille le jour de l'enterrement de sa mère le long du trajet du corbillard menant le cercueil de la basilique au cimetière. Il ignorait que son geste avait aussi mis à mort chez Margueritte l'espoir en lui d'un homme attentionné si longtemps désiré et qu'elle ne connaîtrait jamais.

Quand ils se sont rencontrés elle avait acquis la Golf de couleur blanche de son papa. Certes avec presque deux cent mille kilomètres au compteur elle n'envisageait pas de longs trajets mais de fréquents et courts déplacements en ville surtout depuis la naissance de Blanche. Cela s'était arrêté au bout de seulement quelques mois à la suite de l'emboutissement de l'arrière du véhicule stationné dans la rue devant l'immeuble. Selon le souhait de Rafael de se déplacer avec sa BMW elle la vendit à l'une de ses amies. Sitôt vendue Rafael donna de manière inopinée sa voiture à son frère. Mise devant le fait accompli et avec l'aide de son père elle acheta une Polo de couleur grise presque neuve. Ce n'était que bien des années plus tard qu'elle sut que le frère de Rafael avait aussitôt revendu cette voiture au profit d'une Renault sportive. Elle se souvint de son état de colère contenu envers lui mais ouvertement exprimé au sein de sa famille. Elle fuyait tout conflit envers lui par peur de la brutalité de ses réactions. Elle se sentait si seule. Une fois son père s'était confié à elle en aparté pour lui dire qu'il ne l'aimait pas.

13

La mise en scène théâtrale

Le lendemain de la scène d'aveu mettant fin à son couple il téléphona longuement à son copain Rodolphe. Une chose était certaine, lui était à présent au courant de leur rupture prochaine.
Les jours suivants confirmèrent la violence maintenant ouvertement exprimée par Rafael au sein du foyer. Le moindre mot de Margueritte pouvait embraser leur relation pourtant si distante et si froide. C'était ainsi qu'elle avait évité un lancement de poêle, un jeter de pot à dosettes de café finalement éclaté contre un mur de la cuisine. Aussi avait-elle pris le parti de ne pas aller à l'affrontement quand il la provoquait. Il lui reprochait de ne pas suffisamment l'aider dans son rôle de père pour asseoir son autorité. Il lui opposait de ne pas retenir les enfants à table tant qu'il n'avait pas fini son repas. Il faut bien dire qu'il avait oublié beaucoup de situations dont celle de quitter très souvent la table le premier alors que Margueritte commençait à peine à manger après

avoir servi tout le monde. Un samedi après-midi il se dirigea vers la cuisine et l'invita ensuite à le suivre au garage près de son établi. Là il prit un couteau et fit le geste d'enfoncer la pointe du couteau dans sa carotide.
- Je suis malheureux. Je vais me suicider. C'est ça que tu veux ?
- Arrête. Ne fais pas ça. On traverse une crise importante. Laissons-nous un peu de temps pour nous apaiser et discuter sans tabou ni détour. Je suis certaine qu'alors nous saurons prendre la meilleure des décisions pour nous quatre. Comme tu l'as souvent dit nous sommes une famille, à défaut d'être un couple.
Plus calmes ils regagnèrent le salon.
Le lendemain après-midi alors qu'elle était auprès des enfants occupés par faire leurs devoirs, il cria, assis dans son fauteuil en cuir rouge, qu'il n'était pas bien et qu'il voulait se suicider. Margueritte descendit rapidement l'escalier pour le rejoindre. Il se tapait la tête avec un marteau. Elle le calma comme elle put puis elle s'isola. Elle téléphona à ses voisins et leur expliqua la situation. Le couple ne tarda pas à venir.
- Bonjour Rafael.
- Salut.
Margueritte aborda le sujet de leur fin de couple. A la suite de cette décision définitive prise unilatéralement par Rafael elle émit son souhait de mettre en vente la maison au plus vite pour retrouver une vie autonome.

- Tu dois accepter Rafael. Votre situation risque de devenir invivable si tu refuses de vendre. Un couple sans amour doit se séparer. C'est bon pour vous mais ça l'est tout autant pour vos enfants. Ne les oublie pas.
Quand la discussion s'acheva Rafael semblait convaincu. Les voisins partirent en proposant d'accueillir Jean de temps en temps.
- Pour la maison j'aimerai qu'on la mette en vente l'an prochain et je ne veux pas de panneaux à vendre.
- Ce n'est pas possible. Je prendrai contact avec des agences immobilières la semaine prochaine.
- On va perdre beaucoup d'argent d'autant que le prêt sera intégralement remboursé dans trois ans. Pour patienter je peux partir la semaine et ne revenir que les week-ends. Ta mère pourrait racheter mes parts et je pourrai vous aider à entretenir le jardin et la piscine.
Margueritte se prépara pour partir.
- Où vas-tu ?
- Je vais faire quelques courses et j'ai un rendez-vous.
- Non, ne sors pas. Ne va pas à ton rendez-vous.
- C'est trop tard pour annuler.
Un peu plus tard alors qu'elle prenait un café avec une amie rencontrée, elle s'aperçut que Rafael avait téléphoné plusieurs fois en laissant à chaque fois des messages. Dans chacun d'entre eux il souhaitait avec insistance son retour car il ne se sentait pas très bien.

- Allo. C'est moi.
- Je suis oppressé. Faut que tu rentres.
- OK. J'arrive.

En la voyant il lui annonça qu'il allait beaucoup mieux. Chacun prépara son repas et mangea dans son coin à une heure différente. Margueritte passa ensuite le reste de la soirée jusqu'au lendemain dans l'extension. Finalement cet endroit prévu pour recevoir des invités lui était devenu bien utile en plus d'être moderne.

Les examens avaient été passés avec succès, la mention très bien pour Blanche et la mention bien pour Jean. Pour la première fois il n'y eut pas de vacances familiales communes. Margueritte rejoignit les enfants chez ses parents comme chaque été. Rafael s'amusa de son côté, comme l'avait constatée Margueritte à son retour en découvrant par hasard que cinq verres à pieds en cristal offerts par sa maman avaient disparu. C'était comme ça qu'elle s'expliqua la propreté inhabituelle du tapis rouge du salon. Bien sûr quand elle avait questionné Rafael, celui-ci lui avait donné des versions différentes pour finalement lui dire que des verres en cristal ne coûtaient pas chers. Les jours suivants un dialogue quotidien s'était rétabli sans cri ni vulgarité. C'était le moment choisi par Margueritte pour obtenir un peu plus d'informations concernant son souhait de rompre.

- Tu as rencontré une femme avec qui tu souhaites vivre je suppose.

- Mais tu es folle. Jamais je n'ai eu de relations intimes en dehors de notre couple. Je comprends ta jalousie.
Cette réponse sonnait faux.
- Aie l'honnêteté de l'avouer au moins par respect de notre famille.
Silence.
- D'accord. Mais c'est un accident. Ça m'est tombé dessus l'an dernier. Tout est allé si vite. On a songé un temps à vivre ensemble mais tout est fini maintenant. On ne communique plus.
- Qui est-ce ?
Il lui raconta que c'était une copine d'enfance qu'il avait revue par hasard au sein d'une administration auprès de laquelle il effectuait des démarches. C'était son initiative de proposer une thérapie de couple. Margueritte réalisait qu'elle se trouvait à peu près dans la même configuration conjugale que Lady Diana, un couple à trois, l'homme, l'officielle et l'officieuse qui tirait les ficelles du ménage. Elle avait bizarrement noté que contrairement à ses explications les échanges entre eux par sms et téléphone s'intensifiaient. Quand il s'aperçut qu'il commençait à trop s'épancher il se tut.
C'était le 2 septembre, jour de la rentrée scolaire. Blanche devenue étudiante, Jean était le seul enfant vivant continuellement dans la maison. Il abordait un nouveau cycle scolaire au lycée. Le soir en rentrant il raconta sa journée et son besoin d'une calculatrice. Margueritte se préparait pour l'accompagner lorsqu'ils entendirent Rafael,

installé devant l'ordinateur familial dans la Rochelle.
- Qu'as-tu mangé ce midi à la cantine ?
- De la semoule avec des merguez.
Sur le point de sortir de la maison il réitéra la même question. Jean refusa de répéter sa réponse. Très vite Rafael était auprès d'eux.
- Je t'ordonne de me respecter. Je suis ton père, lui cria-t-il.
- Mais ça n'a rien à voir. Et toi tu crois vraiment que tu me respectes. Tu ne cesses de m'engueuler, même quand je verse une goutte d'eau par terre. Tu ne cesses de t'affaler tous les jours sur mon lit en me narguant, souvent sur mon embonpoint. Tu m'humilies et tu te moques de moi sans cesse.
Ils en étaient venus aux mains bientôt séparés par Margueritte. Cette scène inimaginable fit aussitôt écho à une autre vécue quelques mois après la naissance de Blanche qu'elle tenait dans ses bras alors que Rafael et son frère se battaient sous le regard de leur mère immobile, pour une histoire de dette dérisoire.
De retour en se garant ils avaient été rejoints par Rafael lui aussi en voiture. Les guettait-il ? Une fois à l'intérieur et la porte fermée.
- Qu'avez-vous encore acheté ?
- Une machine à calculer, répond Jean.
- Combien l'avez-vous payée ?
- Avec 20 % de réduction, quatre-vingts euros, répondit Margueritte.
- Mais il en avait déjà une, sur un ton agacé.

- Il en faut une programmable en Python.
- J'en ai assez que tu me parles sans respect. Et toi, sa mère, tu n'interviens jamais à mes côtés. C'est ta faute. Tu lui donnes toujours raison. Tu m'éloignes de mes enfants. Tu me détruis.

Le jeudi soir de la même semaine, Margueritte demanda à Rafael si sa journée s'était bien passée.
- Oui, oui, j'ai bricolé. J'ai travaillé dans le jardin. J'ai aussi fait une bonne sieste.

Margueritte avait pris du retard dans ses tâches ménagères. Elle s'affaira à mettre en route le lave-linge situé dans le premier garage. Elle allait rentrer dans la maison lorsqu' elle entendit le cliquetis caractéristique d'un moteur en cours de refroidissement. Elle se retourna pour se diriger vers la moto. Elle s'approcha et sentit la chaleur qui s'en dégageait.

De retour dans le salon.
- Finalement, dans cette famille j'ai l'impression que tu es le plus heureux. La journée, tu fais ce qu'il te plaît, tu optimises tes placements financiers, tu te marres bien chez tes copains autour d'une bonne bière fraîche. Tu commences à passer l'aspirateur quand je rentre le soir et que Jean fait ses devoirs. Et tu ne cesses d'exiger de nous qu'on t'obéisse aveuglément et que le dîner soit prêt pendant que tu te prélasses dans la piscine.
- Ne crois pas ça. Je suis malheureux au contraire. Et j'en ai assez d'entendre tes chapelets. Vous êtes tous contre moi. Je vais partir définitivement.

Il se leva brusquement. Il se tapa le dossier d'une chaise contre le front. Il saignait légèrement. Il monta pleurer auprès de Jean dans sa chambre puis redescendit avec une valise.
- Où vas-tu ?
- J'sais pas.
- Passe le bonjour à Madame, celle que tu n'as jamais cesser de fréquenter.
Il pressa le pas jusqu'à sa chambre dont il claqua la porte. Jean sortit de sa chambre et s'avança vers le bord de la Rochelle surplombant le salon.
- Je vais péter les plombs. Je vais faire une bêtise, je vais me suicider criait-il.
Lui aussi était à bout de nerfs, à bout de toute cette vie de merde comme l'avait été Blanche alors tout juste entrée au collège face à une énième dispute de ses parents dont l'un avait mis de l'huile sur le feu, Rafael, et l'autre voulait se séparer, Margueritte.
Mais face au refus de Blanche déstabilisée par la perspective de vivre dans deux foyers, Margueritte s'était rétractée par souci de bienveillance à l'égard de sa fille. Dans la même logique envers Jean elle frappa immédiatement à la porte de la chambre pour demander à Rafael de venir vite la calmer car il n'allait pas bien. Il sortit, la bouscula et la jeta contre la porte donnant accès à un des deux garages.
De retour vers la chambre, elle n'avait pas bougé, immobile.
- Écoute. On est allé un peu trop loin ce soir lui dit-elle. On va se calmer. Prend une douche pour te

détendre. Je vais préparer le repas pendant ce temps. On verra demain.
Jean dressa la table. Le repas fut prêt vers 21 heures. Ils attendirent un long moment. La douche ne coulait plus. Tout était anormalement calme. Margueritte demanda à Jean d'aller voir. Il revint en lui disant qu'il ne l'avait pas vu. Margueritte se dirigea vers la salle de bain dont la porte était fermée à clef. Elle tapa, appela Rafael. Pas de réponse. Ils se dirigèrent alors vers la fenêtre accessible depuis la terrasse. Pas de lumière. Elle demanda à Jean d'aller au garage chercher un tournevis. Elle ouvrit la porte. Rafael était allongé, nu sur une serviette, les parties intimes recouvertes d'une seconde serviette. Immobile, les yeux fermés Jean suggéra de le transporter sur son lit. Margueritte refusa. Elle songeait à un problème de santé. Elle téléphona aux pompiers, leur expliqua le contexte de leur dispute. En l'absence de signes cliniques inquiétants il lui avait été suggéré de faire un signalement à la police. Margueritte s'exécuta. Au moment où elle parla, Jean vint lui dire que Rafael posait sa main sur le cœur comme s'il suffoquait. Le gendarme au bout du fil pensait qu'il était peut-être sur le point de faire une crise cardiaque et transféra sans délai l'appel au SAMU. Les pompiers alertés immédiatement se mirent en route.
Finalement en peu de temps les pompiers, les gendarmes et le SAMU sont arrivés à peu près ensemble. Pendant que Rafael était ausculté

Margueritte était dans la cuisine interrogée par un pompier.
- Madame, votre conjoint n'a aucun problème de santé. Il est en forme. Il boude. Il vous manipule.
Rafael avouera plus tard à Margueritte qu'il avait mis au point cette mise en scène pour éviter de la cogner et de mettre en péril ses futurs projets de vie.
Les gendarmes suggérèrent à Margueritte d'aller passer la nuit à l'hôtel ou chez les voisins, alertés par les gyrophares.
Elle refusa les deux propositions et dormit dans la chambre de Blanche, conformément au souhait de Jean inquiet pour elle. Il était 23h45.
Le lendemain matin, elle partit au travail et Jean au lycée, tous deux épuisés. Le soir venu il n'avait donné aucune nouvelle à 20 heures.
- Maman, heureusement que tu es là pour moi. Je n'ai que 15 ans.
- Ce soir je t'emmène au restaurant asiatique que tu aimes bien, en l'embrassant.
Avant de se coucher elle constata dans la salle de bain l'absence du maillot de bain et de la trousse de toilettes de Rafael.
Il rentra le samedi dans la journée et Margueritte et Jean tard dans la soirée passée auprès de Blanche. Le lendemain matin il fit les courses sans liste puisqu'il achetait toujours les mêmes articles. La journée se déroula. Lorsque Margueritte prépara le repas du soir, Rafael la rejoignit dans la cuisine.

- Tu sais si on passe cette crise, plus rien ne pourra nous arriver. On va sortir davantage tous les deux et voyager plus souvent les week-ends.
- Et j'aimerai qu'on passe plus de temps ensemble sans les enfants.

14

Le départ libérateur

Le mercredi matin Margueritte reçut un sms de Rafael.
- Je t'invite au restaurant samedi soir, Jean est d'accord pour passer la soirée seul à la maison.
- Je suis agréablement surprise. J'accepte ta proposition.
Une fois à table devant un plateau de fruits de mer il prit le premier la parole.
- Je souhaite évoquer trois sujets selon cet ordre. Est-ce qu'on continue à vivre ensemble ? Moi je tiens à toi, les yeux larmoyants. Si ce premier point est satisfait comment peut-on relancer notre vie intime ? Il lui expliqua que son blocage remontait à la naissance de Jean. C'était à partir de ce moment qu'il la voyait comme la mère de ses enfants et comme sa mère. Il avait occulté la femme.
- Hélas je n'ai pas de solution à ton problème. - Si le premier point est toujours satisfait, le troisième est la réorganisation de notre vie quotidienne.

Puisque je ne suis plus en activité je vais contribuer aux tâches inhérentes à l'entretien de la maison.

Comme réponse à son questionnement Margueritte lui demanda un délai pour se poser et faire le point. Ce n'était pas pour elle une simple affaire à expédier mais bien une vie qui engageait deux enfants. Bien sûr elle lui a réitéré spontanément sa bienveillance à son égard en tant que père de ses deux enfants. Ils rentrèrent un peu plus apaisés et dormirent chacun dans leur chambre. Elle avait espéré de sa part une invitation à partager une nuit ardente en guise de nouveau départ d'une vie intime comme il l'avait suggéré récemment. Mais les semaines suivantes il n'y eut aucun changement dans leur quotidien. Margueritte rêvait la nuit qu'elle le quittait et qu'elle devait agir vite pour ne pas mourir à petit feu, en silence et sans témoin. C'était dans cet état d'esprit qu'elle se mit à lire des annonces immobilières. L'une d'entre elles attira son regard, un spacieux trois pièces moderne au sein d'une maison de quatre appartements avec un immense garage. Implanté en pleine campagne il lui tendait les bras. Elle le visita et déposa dans la foulée un dossier très complet. Elle se félicitait de ne pas avoir succombé à toutes les suggestions de Rafael pour dépenser son argent comme celle d'acheter une nouvelle voiture en remplacement de la sienne qu'il jugeait trop ancienne et pas assez représentative de leur niveau social. Sa candidature fut retenue et elle obtint les clés rapidement. Tout s'était ensuite enchaîné avec succès et beaucoup

d'investissement. Elle consulta plusieurs avocats, plusieurs déménageurs pour organiser son départ. Puisqu'il refusait une séparation c'était elle qui partirait. Restait le plus délicat à fixer : la date. Elle avait échafaudé de nombreux scenarii mais aucun n'était réaliste. Dans l'attente d'une issue favorable elle n'avait pas changé ses habitudes ni n'avait parlé de son projet aux enfants. Et puis un jour alors qu'elle prenait un café avec des collègues Rafael lui téléphona.
- Allo.
- C'est moi. Il y a un grand prix de moto en Espagne. Il a lieu le week-end dans deux semaines. J'aimerai y aller et y rester deux ou trois jours de plus. Y vois-tu un inconvénient ?
- Non, non, pas de problème.
L'esquisse d'une étape de vie différente se profilait, elle avec les enfants et lui avec son envie de liberté tant voulue mais non assumée. Le déménageur au courant de la situation d'urgence adapta son planning. Rafael partit la veille, les enfants au courant approuvaient ce projet. Ils ne l'avaient à aucun moment imaginé. Ils s'étaient finalement résignés eux-aussi à subir la violence, les excès d'autorité, la radinerie et l'égocentrisme de leur père. Le matin du jour J Margueritte prépara les cartons. Elle fut rejointe par Jean l'après-midi puis par les déménageurs. Elle emporta toutes les affaires des enfants et certains objets achetés en commun en plus des siens. Elle sanglotait, elle culpabilisait malgré le soutien de tout son

entourage maintenant informé de sa souffrance depuis tant d'années.

Ils vécurent leur première nuit dans cet appartement comme s'ils y séjournaient pour des vacances. Il ne lui était pas naturel de cacher les choses mais le contexte l'avait nécessité. De ce secret dépendait un retour à une vie normale équilibrante pour elle et ses deux enfants. Avant de partir elle avait rédigé ce mot déposé sur la table de la salle à manger.

- J'ai bien réfléchi. A ta première question je te réponds que je ne t'aime plus. De ce fait les deux points suivants deviennent caducs. Je suis avec Jean à cette adresse.

Le mercredi matin suivant le week-end du grand prix de moto elle reçut un sms de Rafael.

- Salut. Comme il ne fait pas très beau je pars après le petit déjeuner.
- OK parfait.

Margueritte ne travaillait pas les mercredis après-midi. Il ne lut le message écrit qu'à son arrivée à la maison le soir après le déjeuner et l'après-midi passés chez le gentleman Farmer. Les premiers sms qu'il envoya furent destinés à son frère et à la femme avec laquelle il entretenait toujours une relation extra conjugale.

Tard dans la nuit Margueritte n'entendit pas les appels téléphoniques de Rafael. Il avait mis beaucoup de temps à comprendre la situation comme la présence de tous les appareils hi-fi mais l'absence des rideaux.

Le lendemain il contacta les enfants cherchant à obtenir d'eux la culpabilité de leur mère. Ce n'était pas la première fois qu'à l'insu de Margueritte il cherchait à les convaincre qu'elle était une menace pour la famille. Lorsque Margueritte le sut une fois séparée de lui elle n'en revenait pas, elle qui s'efforçait d'arrondir son attitude malveillante et de pallier son absence d'implication auprès d'eux. Décidément tel un puzzle les pièces de la vraie personnalité de Rafael se mettaient en place. Il commença à déployer seul puis avec l'aide de ses copains une batterie de stratagèmes dans la seule finalité de la faire revenir à la maison. Il jouissait à l'avance du sort qu'il lui aurait réservé une fois revenue. Il l'avait déjà, bien avant son départ, menacée de lui régler son compte, probablement celui de la laisser à la rue avec pour seul bagage ses effets personnels, des factures à régler et sans pension alimentaire. Il lui écrivit un très long mail intitulé de leurs deux prénoms et accompagné d'une photo d'eux entrelacés au début de leur relation. Tout son discours tentait maladroitement de démontrer qu'il était l'homme de sa vie, le seul. Puis il lui envoya un poème d'une noirceur écœurante mettant en scène un groupe de personnes qu'il tenait responsable de son départ, suggérant ainsi une femme si faible et si simple d'esprit capable de suivre n'importe qui. Quand il eut compris qu'elle ne reviendrait pas à l'issue de ses nombreuses discussions souvent sur le parking du supermarché de la ville du domicile de Margueritte

il tenta une dernière manœuvre. C'était un vendredi soir au début du mois de Décembre. Elle avait travaillé tard pour avancer ses dossiers. Elle monta dans sa voiture et sortit à faible allure du domaine gardé nuits et jours par deux hommes de la sécurité. Il n'était pas trop tard pour un arrêt au supermarché à quelques kilomètres de là. Elle pénétra dans le parking au moment où elle aperçut dans son rétroviseur extérieur tout près derrière elle le phare d'une moto. Elle leva les yeux qui croisèrent ceux de Rafael. Son regard était noir, sombre et autoritaire. Elle fit spontanément un large demi-tour comme si elle se garait puis elle accéléra et prit une fois de plus la fuite. Elle s'engagea dans le rond-point d'en face au milieu d'un trafic ralenti. Il était déjà derrière elle. Prise à son piège elle ralentit et tourna dans le rond-point. Il s'arrêta. Il se fit klaxonner. Quand il lui fit signe de s'arrêter aussi elle n'avait aucune chance de lui échapper à part celle de reprendre la route dans le sens qui la reconduisait au bureau. C'est ce qu'elle fit en remarquant au passage à l'approche de l'entrée un renfoncement en terre, joli point d'observation des allers et venues. C'était donc là qu'il devait l'attendre, dans le froid et l'humidité de l'hiver. Elle se gara les jambes tremblantes à l'issue de cette nouvelle épreuve. Décidément il ne savait pas s'adresser à elle normalement. Il l'abordait toujours sur le mode dominant, intimidant et violent.
Son téléphone ne tarda pas à sonner. C'était lui.
- Allo.

- J'ai besoin de te voir ce soir. J'ai juste une question à te poser.
- Eh bien je t'écoute. Pose ta question.
- Non je veux te la poser droit dans les yeux.
- C'est grave ?
- Mais non. Je suis gelé. Je vais me réchauffer sous une douche bien chaude et je te rappelle.
- Non, non, c'est moi qui te rappelle dès que je suis rentrée chez moi.
- OK. Tchao.

Elle finit par reprendre ses esprits au bout d'une bonne trentaine de minutes puis reprit le chemin de son domicile. A l'approche du supermarché de son village elle aperçut une voiture garée dans le parking. C'était la sienne. Elle n'avait pas d'autre choix que de passer devant lui. Elle accéléra et dans un virage elle bifurqua et s'éloigna puis s'arrêta dans un bourg voisin. Elle coupa le moteur, feux éteints.

Son téléphone sonna. C'était lui bien sûr.
- Je t'attends en bas de chez toi. J'en ai pour cinq minutes.
- Non je ne veux plus te voir. Je ne supporte pas tes guet-apens. Le téléphone est le plus indiqué dans notre contexte.
- Tant pis pour toi. Tu vas le regretter.
- Encore des menaces.
- Je veux savoir si tu vas dénoncer ma transaction. Sache que si tu le fais toi, ta famille et tes enfants prendront mal.

- Je te rappelle que mes enfants sont hélas aussi les tiens.
Elle raccrocha.

14

Les conséquences

Comment en étaient-ils arrivés à un point de non-retour ? Il lui était évident que les causes étaient partagées. Mais elle restait convaincue que cette vie trop statique, trop routinière et trop confortable pour lui n'avait pas facilité une séparation qui aurait pu intervenir beaucoup plus tôt.
Avec le recul possible dans un climat redevenu calme et seulement interrompu par le chant des oiseaux elle avait besoin d'analyser les causes de cette rupture tardive. Tout avait pourtant commencé comme dans un conte de fées. Ses efforts vains de drague des jeunes filles au travail l'avaient sincèrement émue au point de vouloir mieux le connaître. Comme ils travaillaient et déjeunaient ensemble tous les jours une complicité mutuelle s'était installée à propos de sujets plus personnels. Elle s'était ainsi livrée en évoquant le nombre d'enfants qu'elle souhaitait, le style de vie qui lui convenait et bien d'autres facettes d'une vie rêvée jusque-là. Elle ne se doutait pas à ce moment qu'il

satisferait à ses désirs. Au début de leur relation il était charmant, prévenant, galant, attentionné, romantique et fourmillant d'idées de sorties en amoureux les week-ends. Il n'était pas évident d'organiser des soirées en semaine, lui souvent en déplacement et elle rentrant tard. Il lui arrivait souvent de penser qu'elle avait rencontré le prince charmant sans jamais se questionner sur son célibat à presque quarante-quatre ans. Elle ne s'était pas non plus étonnée de son empressement à lui demander d'arrêter la prise de sa pilule contraceptive le mois suivant celui de leur retour de voyage à moto. Elle était persuadée qu'il lui serait difficile de tomber enceinte rapidement à trente-cinq ans. C'était pourtant ce qui arriva et qui lui fut confirmé trois mois après dans le cabinet d'un gynécologue devant sa première échographie. La grossesse se déroula sans complication mis à part une frayeur concernant un supposé dysfonctionnement cardiaque vite écarté. Elle releva malgré tout lors de l'annonce du sexe féminin du fœtus une larme coulant sur l'une de ses joues. Lorsqu'un peu plus tard ils avaient évoqué d'avoir un autre enfant il lui avait demandé de bien réfléchir à l'éventualité d'accoucher d'une seconde fille.
- Fille ou garçon, peu m'importe dès lors que cet enfant ne souffre d'aucun handicap, lui avait-elle répondu sans hésitation.
Après la naissance de Jean elle était certaine que la vie de famille imaginée serait jonchée de bonheur,

de rires et surtout qu'elle évoluerait naturellement vers un retour à une vie de couple encore plus épanouie qu'au début une fois les enfants partis du foyer. Ce ne fut pas exactement un long fleuve tranquille. Le premier tourment arriva avec une lettre de licenciement le visant. Sans faillir Margueritte le soutenait en prenant en charge l'intégralité de l'organisation de la famille tout juste constituée et de la maison, en plus de son poste occupé à temps plein. Il était démesurément angoissé par sa délicate situation professionnelle, occultant sa vie personnelle. Et puis la procédure s'arrêta avec un appel d'offres qu'il avait gagné pour un conseil général et générateur d'un excellent chiffre d'affaires sur plusieurs années. Mais cet évènement le marqua si intensément qu'il rechercha un poste dans sa région natale. Elle apprit à la fin de leur relation qu'il avait profité de cette période passée en majorité à l'extérieur du foyer pour fréquenter les prostituées. Il aimait sortir en famille mais il n'investissait pas réellement son rôle de père. Ni celui de conjoint. Elle se souvenait qu'au retour d'un déplacement professionnel tard dans la soirée Blanche avait refusé de prendre le biberon et qu'elle n'était pas changée. Il se rendait très exceptionnellement à la crèche ou à l'école primaire. Un peu plus tard lorsqu'il était seul avec les enfants pendant les vacances scolaires il n'organisait aucune activité et passait son temps devant son ordinateur les laissant s'occuper comme ils pouvaient. Bien sûr il y eut des moments de

clairvoyance annonciateurs de l'évolution de leur couple qu'elle avait cherché à confirmer auprès de lui. Mais il avait à chaque fois éludé son point de vue. Était-ce par lâcheté ? Ou bien par confort personnel ? Son honnêteté et sa franchise se heurtaient systématiquement à son attitude sarcastique. Elle avait à quelques reprises émis son désir de partir.
- Si tu pars les enfants en pâtiront, lui répondait-il.
Ce chantage affectif la paralysait. Pourquoi se sentait-elle si faible au point de ne pas parvenir à mettre un terme à ce naufrage humain ?
Ses reproches fusaient, ses coups de gueule quotidiens nuisaient à l'équilibre des trois autres membres de la famille. Il lui opposait de ne pas avoir beaucoup d'amis, lui qui ne fréquentait que le gentleman Farmer et un autre copain résidant dans le centre de la France. Elle l'avait toujours suivi et avait accepté sa proposition de vivre sans frais dans son appartement à leur départ de Paris le temps pour elle de trouver un emploi. Mais elle avait catégoriquement refusé de lui verser le moindre loyer à sa demande lui opposant que si elle devait en verser un ce serait à n'importe qui sauf à lui. Il trouvait systématiquement une bonne raison pour l'empêcher de trop parler à son goût avec les voisins, avec les mères des copines et des copains de Blanche et de Jean, avec son frère et avec ses parents. Plutôt que de l'intégrer dans son cercle amical ne cherchait-il pas à l'isoler comme un mécanicien qui ne donne pas ses pièces détachées

patiemment amassées comme pour rester maître de toutes les situations ? Ne la considérait-elle pas comme un objet parmi sa collection ? Pourquoi acceptait-elle cette situation privée d'affection et d'amour ?
Certaines questions trouvaient-probablement leurs réponses dans son système éducatif basé sur les non-dits, la soumission, le sacrifice, la résignation de ne pas être valorisée à sa juste valeur et l'obligation de résultats. Elle comprenait que son image ne reflétait pas son système de valeurs. C'était sur ce décalage qu'elle avait construit une famille, c'était sur ce mal entendu devenu tacite qu'elle l'avait perdue. Alors comme il devenait une évidence pour chacun de prendre en main son chemin de vie il avait fallu avoir le courage de couper ce lien toxique qui les conduisait à coup sûr vers l'asphyxie, sans regret ni gloire. Elle refusera de le revoir. Lui s'était persuadé qu'il partait la tête haute répétant avec légèreté qu'il n'était pas fautif mais qu'il avait été mis devant le fait accompli, la fuite de Margueritte. Elle ne lui avait pas laissé le choix. Il était la victime, elle était son bourreau. Il tenait là le contexte idéal pour rassurer ses prochaines conquêtes féminines à venir vivre avec lui devenu un homme présentant bien des atouts dont celui de posséder une solide situation financière et patrimoniale. Le moment était venu pour elle de jouir des plaisirs sains de la vie. Elle en avait payé le prix fort. Il n'était pas trop tard. Il n'est jamais trop tard.

© 2024 Janne Fath
Édition : BoD · Books on Demand GmbH,
In de Tarpen 42, 22848 Norderstedt
(Allemagne)
Impression : Libri Plureos GmbH,
Friedensallee 273, 22763 Hamburg
(Allemagne)
ISBN : 978-2-3224-9721-8
Dépôt légal : Novembre 2024